積極與消極

藍色水銀、君靈鈴、剛田武、思樂冰 合著

Family Sky 天空數位圖書出版

目錄

圖目錄

萬念俱灰

文：藍色水銀

他是個衝勁十足的年輕人，努力工作，也存了一些錢，並且靠股票賺了不少錢，看似一帆風順的人生，一夕之間就變了樣。他的父親，是個皮件中盤商，貪小便宜的父親，偷偷的賣仿冒的名牌包，警察抓到他的時候，倉庫裡數百個仿冒品，被判刑也被求償數千萬成立。

父親的生意，都是開票給廠商，不論是一般皮件或是仿冒，為了替父親償還債務，他花了三百多萬，但此時，好友慫恿他購買期貨翻身，對期貨不熟悉的他，很快就賠光僅存的六十多萬存款，女朋友知道他已經身無分文，竟在此時選擇分手。

他終於崩潰了，最糟糕的是公司營運不善，他被列入第一波裁員的名單，短短幾個月，連串的打擊，將他的自信心蹂躪的完全消失，他想借酒澆愁，卻連買酒的錢都沒有了，身上只剩下一個五十元銅板。他到處求助，發現沒人願意伸出援手，頂多是借他五百一千，讓他可以勉強度日，但今天是最後一天，再不交房租，連住的地方都沒了。

此時，一位朋友的哥哥伸出援手，騰出一間小房間讓他住，也借他生活費，支持他到站起來為止。但命運就是如此捉弄人，他住的地方突然遭到查封，由於沒有租約，只好摸摸鼻子離開，原來這位大哥的生意越來越差，繳不出房貸已經將近一年，唉～～～他們兩人面面相覷，長嘆之後，離開了棲身之所。

此時的他，已經是萬念俱灰，找不到工作，又必須住在鄉下破舊的老家，這裡年久失修，沒水也沒電，某天，在睡夢中，他彷彿聽到吵雜的聲音，是怪手拆除房子的聲音，原來此處已經重劃，早已被徵收，今天是拆除的日子，他苦苦哀求延期再拆，可是被警察拖走，他來不及回到屋內收拾行李，房子就塌了。至此，他真的是一無所有了，他已經一天沒吃東西也沒喝水，他絕望的走在街頭，漫無目的，停在一家自助餐的外面，口袋裡只剩下三個一元銅板，只有吞口水的份，廚師剛忙完，到外面透透氣，順便點了煙，見他巴望的眼神看著食物，一眼就明白他的處境，把他拉進自助餐內飽餐一頓，並邀請他當雜工，幫忙洗菜、切菜、洗地板、洗碗等雜事，薪水雖然不高，但可以糊口，他起初拒絕，廚師追問下，才知道他的狀況，於是幫他租了一間小套房，花了一年才讓他走出陰影，廚師開始教他料理，這工作，就成了他餘生的唯一工作，他為了報恩，一輩子都在自助餐幫忙，直到他六十歲那年，廚師已經七十多歲，生病走了。

諸事不順

文：藍色水銀

她是個凡事都往壞處想的女孩，從國小開始就如此，一直到四十三歲那年，她遇到了一個樂觀積極的男人，但為時已晚，男人已婚，非常愛他的妻子跟小孩，男人鼓勵她好好談一次戀愛，但她卻已經無法自拔的愛上這男人。

當她十歲那年，看到一個大人在遛狗，心想，會不會踩到狗大便呢？我要小心一點！但她沒看路，只是一直想著這件事，於是，就踩著臭氣沖天的狗大便進入教室，後果就是被同學笑，而且是笑到畢業，還取了個綽號叫“狗便”的難聽綽號。這天，傾盆大雨之後，到處積水，她心想，不會有車子經過，噴得一身濕吧？沒幾步路，她就被一輛疾駛而過的計程車把水濺起並噴得滿臉豆花。

國中的她，老是心不在焉，當然，衰事也就如影隨形。被老師用板擦襲面、穿破的衣服上學被笑、忘了洗頭結果頭皮屑太多被笑、忘了帶課本被罰站、下樓梯不專心跌得頭破血流，諸如此類的倒楣事一直發生，於是她凡事都往壞處想的習慣就更堅定了，她認為好事不會上門，壞事別找上自己就很好了。高中的她已經亭亭玉立，但個性依舊不改，尤其是只考上私立的高職，被親戚笑不用功，接著又在擠公車的時候掉了鞋子，好不容易撿起來卻發現已經被踩壞了，怎麼會這樣呢？運動會的時候，她大聲幫自己喜歡的同學加油，沒想到男同學一分神卻跌倒了，接力賽因此未能完成，想要製造機會跟男同學聊天，卻讓那男生討厭她直到畢業。

高職畢業後就開始工作的她，做一家倒一家，年紀輕輕就換了十幾次工作，但其實不是她的問題，那些一直在找員工的公司，如果不是擴大營業？那就是員工一直換，或是快倒了，只不過她巧合的選擇了這些公司，錯不在她，可是她依舊悲觀，因此她一直都不願意敞開心胸交朋友，當然包括男朋友。

時間過得很快，四十三歲那年，她以為遇到真命天子了，這男人在公司裡非常照顧她，也經常鼓勵她，只不過男人把她當成朋友，但她誤會了，這下麻煩了，愛上了一個有家室的男人，是不會有好結果的，於是她只好默默辭職，離開傷心的公司，離開後，她想起男人告訴過她的話，凡事都要樂觀面對，最後一定會有好結果的。從此以後衰事不再找上她，再困難的問題都能迎刃而解，她高興的打電話告訴男人，男人卻說因為老婆外遇已經離婚，她立即把握機會跟男人表白，跟真命天子談戀愛，並且結婚。

心灰意冷

文：藍色水銀

孟子認為人性本善，荀子則認為人性本惡，不論誰對誰錯，對她而言，所有接近她的都是壞人，沒有例外，也讓她心灰意冷，不願再交往新的男朋友，也包括普通的任何友人，從此把自己封閉起來。

十歲那年，她的同班同學嫉妒她的功課總是班上第一，於是在考前幾天，天天約她到處玩，果然詭計得逞，她退步了，只考了第五，那個約她玩的同學居然考了第一，並故意拿著成績單酸了她幾句，這下她懂了，當然，兩人因此絕交，到國小畢業都未再聯絡。國中時期，她喜歡上某個男生，於是請了同班同學幫她傳紙條，卻不知這女生傳給別人，並且同學在某天還做了可怕的事，她在經過這個男生面前時，被同學翻起裙子，並把她的內褲花樣大肆宣傳，害她哭了好幾天。

上了高中，她再度遇到壞同學，騙她到廁所一起抽煙，結果另一個同學帶著教官進廁所，害她被記過，而且跟她一起進廁所的女生把責任推得乾乾淨淨，這一次開始，她再也不相信任何女同學了。成績好，長相清秀且氣質高雅的她，常有男生暗戀她或是主動告白，卻屢屢被同學捉弄、霸凌，她開始不跟任何女同學交談，頂多說再見或是點頭，直到大學開學。

上了大學，同學大部份的是程度差不多，所以她沒有因為功課好被排斥，但命運還是愛捉弄她，一個男同學開始追求她，情竇初開的她，接受了追求，也把初夜給了這個同學，乾柴烈火幾次之後，男同學竟然冷落她，開始愛理不理，她決定一探究竟，來到男同學租屋處，遠遠地，她就看到男同學，但身旁多了一個女生，看上去有點眼熟，多走幾步之後她停下腳步，因為這女生上課時就坐在自己前面，而且她正跟男同學在大街上擁吻，原來，女同學心機這麼重，還在她面前說課業為重，不可能交男朋友，這下她火大了，不過也僅僅是不跟兩人說話。此時一個學長闖入她的世界，以為學長很溫馨很紳士的她，沒想到學長也是個壞蛋，除了騙她的身體，也騙她的錢，她打工賺的錢，全被騙去傳銷公司買高價卻沒什麼用的假金錶，在哥哥的堅持下，他們拿去鑑定，確認手錶只有價值幾百元，頂多千元上下，此時學長露出真面目，說上床是你情我願，買錶也是，完全把那些山盟海誓略過，也不提從她身上賺了一筆，更不提他是怎麼說那隻金錶價值多少又多少，這下，她可徹底的對人性失望了，她從此封閉了自己的心，直到打開心扉時，已經過了八年，那是她的現任丈夫。

男人永遠愛吹牛
不然怎麼老提當年勇
那無法求證的過去式

飯來張口

文：藍色水銀

一對年輕兄弟的家境並不優裕，由於只有私立高中畢業，兩人都在求職過程中多次受挫，久而久之就在家中閒著，到最後連求職的欲望都沒有了，漸漸養成茶來伸手、飯來張口的習慣，父母親雖然為他們著急，但卻無能為力。

哥哥的狀況比較好，偶爾幫朋友處理一些雜事，可以得到禮物或是紅包，不至於口袋空空。其實他本來有一身的好功夫，在園藝方面有獨到的能力，可以快速且低成本的完成工作，可惜得罪了大老闆，在中部地區被完全封鎖，沒人敢僱用他，畢竟誰也不想得罪供應商，就這樣，他唯一的一樣專長被埋沒了，他的意志日漸消沉，終日泡在網路遊戲的世界裡。

弟弟因為個性耿直，連續幾個父親幫忙找到的工作，都跟老闆或是同事起口角，短短幾天或幾週就離職，從此不願再投入職場。雖然他的本意是想要讓工作更順利進行，但不擅長溝通的他，往往造成誤會，結果就是回家吃自己，而跟著哥哥一起迷失在網路遊戲的世界裡。

經過幾年之後，父親終於受不了，只好將他們帶入自己的工作團隊，並要求兩兄弟只能言聽計從，不可與任何人交談，只能打招呼，磨練了半年之後，兩兄弟習得了快速拆裝鷹架的功夫，由於身強體壯，很快就讓他們的父親放心，但好景不常，父親在事業上遇到了幾個新的對手，把他們的工作量壓縮到很少，雖不至於餓死，但每個月不到兩萬元的收入實在很難讓父親接受，無奈之下，哥哥只好被迫再投入職場，而弟弟跟著父親繼續在工地打轉。

本來就企圖心不高的哥哥，離開父親的庇佑之後，又在家閒了許久，偶爾會去跟弟弟一起拆裝鷹架，對於求職一事，並不熱衷，只在剛失業的初期，寄了幾份履歷表出去，但都石沉大海，其中包括了他得罪的那個大老闆的死對頭，那是一家規模也不小的園藝公司，這家公司的老闆以極低薪聘請了他，那是寄出履歷表七個月後的事了。他找到工作之後，誠懇地問我有什麼意見？我告訴他短短三點：完全配合老闆的想法、需要加班絕不推脫、虛心學習。半年之後，老闆一口氣把他的薪水調高一萬五千元，雖然還不能讓人滿意，但已經是他此生最高的月薪，並在之後的幾年，都領到每月至少五萬元以上的薪水，雖然不算高薪，但已經非常不錯，那個茶來伸手、飯來張口的他已經消失的無影無蹤。

不要以為真的有人
可以陪你一輩子
沒光的時候
連影子都會離開你

行屍走肉

文：藍色水銀

一個人在運勢低迷的時候，常常是接二連三的遇到不好的事，那是一個夏天的午后，天空中的烏雲開始聚集，他急著出門，途中車子變速箱跟冷氣同時故障，修理要花約七萬元，但這台車的殘值只剩不到五萬，於是他在大雨中，全身濕淋淋地把車從快車道推到路旁，最後選擇低價賣掉。

那天，他本來是要去接女朋友下班的，女朋友只能搭計程車回到兩人合租的套房，但由於計程車司機沒有注意胎紋的深度不足，在雨中高速打滑、失控、撞車，後座的女朋友當場死亡，她永遠回不去了。當天的深夜他才被告知女朋友的死訊，在這之前的他，才經歷另一場打擊，跟朋友合資的公司被跳票百萬，所有積蓄化為烏有。

終於，他在隔天崩潰了。那晚，我本來是到卡拉 OK 唱唱歌，散散心的，醉醺醺的他，以踉蹌的步伐走向我，坐在我的面前哭訴他的遭遇，一直重複著，最後醉倒在沙發上，我只好找了一個蠻強壯的朋友，合力把他送回家，也把他五千多元的酒帳給結了。後來，他透過卡拉 OK 老闆找到我，希望我能伸出更多援手幫他，但我沒辦法，因為當時的我，也是剛被朋友倒帳數百萬，所以才會去喝酒、唱歌的。

兩個不認識的失意人，在卡拉 OK 內認識，之後成了朋友，但我實在無法一直幫他，他開始行屍走肉般的生活，無法擺脫女朋友的死，自責那是他自己造成的，無論我怎麼勸都沒用，而此後的十年，我也非常低迷，但還是撐過去了，可是他日漸消瘦，有時會獨自跑到女朋友墓前自言自語，少則半天，甚至醉倒。

雖然不捨，但我自身難保，實在不知道如何幫忙，再次見面的時候，他已經沒有吃飯錢，跟我借了兩千元，那是我跟他最後一次見面，那時是冬天，一週沒有出現的他，是不是出事了？我的心中已經有了最壞的打算。由於沒有應門，我只好找管理員把資料調出，把他的房東請來，打開門後，一具冰冷的屍體躺在地板上，我沒有為他哭泣，反而為他鬆了一口氣，我覺得他得到解脫了。只不過他的父母親是老淚縱橫，畢竟白髮人送黑髮人是件非常殘忍的事，我沒有介入他的後事，因為他的父親是個知名的教授，經濟狀況還可以，所以就把他葬在女朋友旁邊，算是讓他們在一起了。

樂天知命

文：藍色水銀

有些人就是愛抱怨，再怎麼容易的事也要說兩句，再美好的日子也要挑幾個問題出來嘴，再不就是消極看待自己的人生，但也有人是樂天知命，什麼事看在眼裡，都只是美好的那一面，這種人，往往是身邊最成功的人。

她是我這輩子最特別的朋友之一，她的職業很特別，身心靈療癒，她的許多學生，經過了課程、療癒之後，走出人生谷底的佔大多數，從他們的談話中，可以知道他們經歷過重重難關，但現在早已雲淡風輕，並且過著完全不同的新生活，眼裡也充滿著自信，看不出一絲的苦楚。當然也有例外的，有些人在學習的過程中走偏了，刻意不聽她的，不但走回黑暗，還比原本更加慘淡，她怎麼勸都勸不回，成為學生之中最鮮明的對照組，多麼沉重的對照啊！

他是十幾家公司的董事長，雖然規模都不大，每家股本都在五百萬到二千萬之間，但這些公司幾乎每年都貢獻五千萬至兩億的收入。但他也不是一開始就這麼順利的，剛認識他的時候，他是一家公司的總經理，管理三十個員工，公司成功了，但他卻被董事長資遣，那家公司在隔年獲利高達數億，可是他卻沒有分到一杯羹。他的用人非常隨性，只要是人，他就用，不適任再調職或請員工離開，不像許多公司遵循著用人法則，把許多人才都擋在門外，二十年過去了，他現在幾乎不必擔心營運的問題，因為底下的管理人才個個都是猛將，而且有越來越多的趨勢，去年見面聊天，才知道他的身價竟已數十億。他的管理很簡單，給員工明確的目標，然後勇往直前，直到無法前進再修正策略，至於員工要幾點上班、下班，他根本不擔心，因為優秀的員工是不會計較時間跟精力的付出，而他也很大方，各種獎金都非常高，讓員工甘心為他賣命，不會離職而成為競爭對手。

他曾經是個黑社會成員，吃喝嫖賭樣樣來，最後成為詐騙集團的一員，然後被抓入獄，關了五年後，他領悟到不少人生的哲理，開始認命的工作，幫忙附近的農夫收成、那裡有工地就去當臨時工，累積了幾年的經驗後，他現在的收入趨於穩定，小孩也不再看不起他，偶爾會聚餐、聊聊天，或許還不夠美好，但對於一個改過自新的人來說，這份成果得來不易，想維持並不簡單，那些吃喝嫖賭的朋友，總想要把他拉回去墮落的日子。

關關難過關關過

文：藍色水銀

我的母親在我小的時候常常告訴我，凡事都要做最好的準備和最壞的打算，不要什麼事都過度樂觀，但一個小孩子又怎麼懂呢？等到長大，甚至等到我四十歲，才明白這個道理，尤其是新冠肺炎的疫情發生後，全世界都沒有面對的經驗和準備，結果就是災難無限擴大。

有了先人的智慧，應用在各方面都讓我順利不少，甚至還交了幾個朋友。幾年前，還在瘋狂拍蟲的日子，都會習慣性帶著一點乾糧、飲水備用，沒想到派上用場，一個粗心的女人，口乾舌燥，而且已經非常餓，卻希望繼續拍攝蟬的羽化，我把乾糧、飲水分一半給她，沒想到我跟她成了朋友，也認識了不少她的朋友。拍照的時候，我習慣多帶一張或二張記憶卡，萬一卡片容量不足或是壞了，才能夠替換，我也因此借了幾次記憶卡給不認識的攝影師，當然，也這樣交了幾個朋友，他們對我的人生都有一定的影響力。

其中一位朋友是做生意的，他的交友廣闊，偶爾會請我到他的家中聊聊天，並傳授我許多攝影方面的知識與技巧。

在網路不發達的年代，資訊傳遞與獲得是不容易的，往往需要翻閱許多書籍才能得到答案或是線索，他說他的技巧就是這樣跌跌撞撞學來的，而且花了數百萬買器材，因為客戶沒看到最貴的器材，是不可能把案子交給他拍攝的，他的一席話，也澆熄我想要靠攝影賺錢的夢，因為賺的錢又會投入器材，永遠沒有停止的一天，除非我不拍了，他是對的，因為這幾年，我看到不少失敗的例子，賺錢，買器材，再賺錢，再買更多器材，然後失敗。

朋友說他陷入無止境的器材錢坑之後，一直都不順利，有客戶難以溝通的問題、客戶要求過高的問題、數月沒有生意的問題、檔期衝突被迫讓出生意的問題、資金周轉的問題，總之，麻煩不斷，每一關都是難題，他的老婆感嘆的說這些年都很辛苦，每次看到錢沒多久，又必須把錢投在器材上，到最後，只好放棄這個行業，把器材賣一賣，並把那年賺的錢存起來，他說，做了最好的準備就是買最好的器材，但沒想到的是最壞的打算，竟然是賺的錢又必須再買器材，還好因為自己的敬業與專業，可以維持下去，一些同行，早就撐不下去放棄了，這幾年，手機的攝影能力大幅度提升，早已把專業攝影師打得滿地找牙，單眼相機能靠商業攝影獲利的空間越來越小，雖不至於沒飯可吃，但辛苦度日卻是真的。

失業了
別難過
失業
不是
壞事來
也許是上天要
你開創一種
全新的事業

再接再厲

文：藍色水銀

一個人可以接受多少次的失敗？國父革命十次失敗的例子離大家太遙遠了，但我的家族裡，有一個長輩也是用這樣的精神在考試，高中的時候，聽父親說一位堂叔考藥劑師沒過，隔年重考又沒過，直到第七次，他終於如願考過，並在三年後開了一間西藥房，直到他去世，這間藥房才結束營業，他的後半生，都奉獻在藥房。

我記得在他第三次跟第四次沒過那兩年，大人都勸他放棄，好好找工作，不要再浪費時間了，還好他沒有放棄，也不怕別人的嘲笑，有人笑他笨，不會唸書，有人笑他蠢，認真工作賺的錢更多，甚至有人笑他，再考不過，老婆都要跑了，可是他熬過去了，七次的失敗，那種煎熬是一般人難以理解的，將近三千個日子的努力，終於有了回報，這種精神值得敬佩，也是我人生重要的心靈導師之一，有他在前面帶領著，我深深知道，失敗並不可怕，可怕的是輕言放棄。

另一個例子也在家族中，大我六歲的一個堂哥，深受家族的風氣影響，一心想進入公務員體系，以求得安定的生活與穩定的收入，不過他的考運跟堂叔一樣，不怎麼好，不是肚子痛攪局，就是感冒來搗蛋，還有一次是機車爆胎，讓他差一點趕不上考試，終於在第四年讓他通過考試，進入台電服務，就這樣，一晃就是三十五年，他從最基層的員工做起，如今已是幹部，再過幾年就要退休了。

人生總有許多挫折與失敗等著我們，不論多麼認真多麼努力，都難免碰到，千萬不要一時的失敗就失去鬥志，越努力，運氣就會越好，反之，越不努力，碰到的倒楣事一定會越多，因為許多該排除的問題都沒有預防，惡性循環之下，很容易就陷入萬劫不復，記得剛退伍時，認識一位土豪二代，當時很羨慕他，身價數億，他帶著二億現金到高雄開店，發下豪語要成為業界最大最強，但不用功讓他節節敗退，第一年就燒掉八千多萬，短短三年半，二億現金全部打水漂，掉進水裡，再見面時，他已經將繼承而來的四億八千萬花得精光，只剩下兩間小店，我在那裡跟他聊了幾個小時，連一個客人都沒上門，我知道這兩間店也是遲早要收掉，但我沒有給他什麼建議，因為他是那種什麼都不想聽的人，他深信只有錢才是成功的關鍵，他只對了一半，卻因為自己的放縱，讓許多員工成了高薪小偷，最後還成了主要的競爭對手，壓垮自己的事業，這樣的結局真的讓人不勝唏嘘。

努力

不一定有收穫
不努力
一定沒有收穫

學無止境

文：藍色水銀

在這個科技日新月異的時代，人類享受了許多科技帶來的好處，願意接受新科技的人，就能得到更多的好處，而不願接受的人，會停留在過去，對於新的事物會越來越陌生，離他們越來越遠，甚至被時代所淘汰，當然，接受新科技就必須學習新的東西，而且數量龐大，這對於年紀大的長輩來說頗為吃力，甚至會排斥學習。

我的父親就是個排斥科技的人，幸虧他退休的早，否則該怎麼工作呢？關於科技，他能沾上邊的就是數位相機，但也只限於按快門，該怎麼調整數據、功能，老是要依賴別人，自從行動電話普及以來，他從未持有過任何門號跟手機，連家用電腦最基本的開機、關機、上網都不會，看網路影片一定要我或是弟弟幫忙，我們不在時，又沒有精彩的電視可看，他就只能躲在房間裡。

我的母親則完全相反，相機、手機、上網都沒問題，雖然還有許多功能及設定要靠兩個兒子或是孫子，但她可以藉此得到買賣股票、娛樂、聯絡好友、知識、新聞等等，雖然已經七十多歲，卻仍然擁有一顆年輕的心。

記得十年前參加苗栗縣政府舉辦的煙火攝影比賽，規則中明訂不得後製，但有許多人違規，只不過是經過幾年光陰，全世界最大規模的攝影比賽，除了可以後製，甚至還有專門為後製辦的比賽，規則是沒有後製不得參賽，此項重大轉變，讓攝影師們紛紛開始學習 Photoshop 等後製軟體，但攝影界仍然有人堅持使用底片拍照，不願跟上時代。幾年前，空拍機的價格已經降低到可以量產，許多壯觀的照片紛紛出爐，但守舊派竟然認為這是作弊的行為，真的是讓人啼笑皆非，難道一定得搭上飛機、直昇機拍照或攝影，才算是空拍嗎？相信在不久的將來，空拍機的運用將更為普及。

隨著網路速度的提升，直播賣東西，成了一門新的學問與談生意的方式，台商不必再搭飛機過去大陸，只要透過視訊，就可以溝通、下單，除了省下機票、住宿等費用，也不必擔心出國時沒人顧店了，真的是一舉兩得。不過還是有人堅持要親臨現場，說是為了顧及品質，下場就是經營成本大幅提升，降低了競爭能力，這種方式，在一些高單價的市場上或許還行得通，但幾百元的商品，值得嗎？莫說中國大陸不注重商譽，因為那些注重商譽的廠商早已坐大，生意多到做不完，網路下單早已成為主流，不學著改變，早晚被時代的洪流給淹沒。

精神抖擻

文：藍色水銀

有一種人在上班的時精力充沛，彷彿有用不完的精力，不論什麼工作都能迎刃而解。跟他相反的是無精打采，怎樣都提不起勁，不論什麼事都沒做好，或是根本就沒做，兩者的差距會越來越大，前者可能步步高昇，後者可能失業，甚至被列為黑名單，永遠無法再進入大企業。

會有這麼大的差別，主要的原因在於熱情，前者對工作的態度是經營事業，擁有了熱情，怎麼做都不覺得累，反而覺得很有成就感，於是就容易得到上司的信任，什麼困難的事都派他做，久而久之，他就是公司中經驗最豐富的那個人，當然就容易升官，甚至當上總經理的職位也不奇怪。而無精打采的人，可能一天到晚都必須換工作，他們的腦袋裡，工作就是工作而已，他不會愛上這份工作，給他不同的工作，可能會換來不停的抱怨，因為他只是來賺錢糊口的，日積月累的觀念，造成了怠惰的習慣，能混則混，就算被開除，也只是鼻子摸摸走人，不會認為是自己的問題，時間久了也已經不在乎了，除非忽然開竅，否則就會一直用相同的心態在目前的工作上。

除了工作上，在面對自己的興趣時也一樣，前者採取主動積極的方式在學習，如同海棉般不斷吸收新知識，因此可能把喜歡的事物越玩越好，甚至程度超過所謂的專家。我們可以從一些世界冠軍身上得到印證，像是保齡球、撞球、咖啡、製作麵包、攝影師等等，很多都是越玩越有興趣，進而參加比賽並得到冠軍的。而有些人雖然也是對一些事物有興趣，但態度上比較懶散，也不積極，於是撞球幾十年了，球技還是停留在很平常，拍照幾十年了，構圖還是如同初學者，他們會用各種理由說自己只是好玩，又不是職業的，於是兩者間的差距就越拉越大，前者越玩越進階，後者卻只是原地踏步。

不論做什麼事，態度可能就會決定結局，或許有人覺得前者這樣活著好累，但當他們看到別人的笑容燦爛時，其實心裡是嫉妒的、不悅的，會覺得沒什麼了不起，自己也辦得到，只是沒有追求而已，沒錯，正是追求與不追求的差別，但為什麼沒追求呢？有些人甚至會覺得遺憾，後悔當初沒有那樣的熱情，沒有用心去做事，沒有投入精力，然而一切都還來得及，只要先調整好心態。

練　習

文：君靈鈴

在職場生活中，形形色色的人都遇過，但有一個人至今仍令人印象深刻，而她也在最後得到了她想要的結果，拜她努力不懈的練習所賜。

之所以會對這個人印象深刻是因為當初她進入當年的職場時其實年齡已經算稍大，而她所屬的那個單位是非常需要專業技術的，為了家庭為了生活為了糊口她在專業師傅的藏匿技術不肯傳授及其他主管的高壓之下並沒有放棄，靠著自己的雙眼及不斷的練習才得到今日被尊稱一聲師傅的結果。

還記得她說過「人家不肯教沒關係，我們自個兒放聰明點，雖然說這樣不是很好，不過人家在做的時候我們就偷偷看，人家不肯教眉角我們就自己摸索，大家都回家的時候我們就留下來練習」，就是這樣一段話讓她有了今日的地位，她對工作嚴謹認真又積極向上的態度讓人佩服。

不是因為她成功了，而是她的態度一直沒變，跟她認識也很多年了，她在學習任何事物上永遠都是一樣的積極，絕對不會因為遭遇挫折而放棄，看到新的事物第一個念頭絕對不是略過，而是非常開心自己又有新的東西可以學習，練習再練習直到自己滿意為止是她在自己專業領域一貫的進修方式。

這次做不好那就再練習，練習之後還是不好就找出原因再練習，一次又一次不厭其煩的做了又做，直到成功的喜悅翩然來到她才甘心。

說真的，這方面的堅持開個玩笑說是有點頑固了，但這也是她能有今日地位的原因，總是堅持著自己的原則，不輕易被打倒，不管如何都務求達到一定的水準，從來不敷衍過關。

這樣的態度，其實在生活上她也應用的爐火純青，所以之前就算貧困，她也沒有被現實打敗，在她的人生道路上用她的方式走她自己的路，用她積極堅持不懈的態度走到今日。

還不能說一切都好，她最近這樣跟我說過，但她也說她覺得現在比以前好多了，畢竟在她努力下家裡的生活條件改善了，這大抵是她近年來最開心的事了。

說來，先撇開能不能過好日子這種問題，對於人生的態度就應該像這樣，別消極面對而是積極處理各種應接不暇的難關，努力去突破，所謂的好日子雖然每個人的標準不同，但只要態度正確，堅持自己的信念及與嚴苛的現實抗爭之後，相信不管如何總是會比以前好的。

綻放：

在歲月磨礪過後

文：君靈鈴

看著眼前朋友說著自己這幾年創業的辛酸還有終於嘗到成功滋味的欣喜，心中著實為他開心，畢竟幾年前他可是懷著偉大抱負創業，卻在過程中屢屢受挫，要不是他一直積極的去找出問題點及那不想放棄的態度，現在的情況只怕並不是如此。

但他成功了，除了令人開心之外也不禁讓人想到他一直沒有對自己失去信心的積極心態，這樣的信念讓他一步步向前，最終走到名為成功的道路，雖然中途迷失過也走錯路過，不過在錯誤中尋找出癥結點並加以改善然後走回正確道路一直是他一貫的作法。

記得當初他屢屢遭遇失敗時，所有人都以為他會消極的放棄，但他沒有，在他眼裡一次兩次的失敗並不算什麼，他的態度一直是正確而積極的，而這大概也是他會成功的原因。

從一個僅懷抱夢想卻被笑是空口說白話的小子到現在成為一家經營的有聲有色的公司老闆，他的辛苦程度不是親近的人是無法想像的，也正因為如此看著他時，雖然他是個男子，但總覺得他像是一顆種子，本來營養不良可能開不了花，卻在他的積極求生後綻放出美麗的花朵，在歲月的洗禮後在失敗的磨礪後，不畏懼一切的他讓人看到最美的模樣。

但曾經他也曾想放棄過，一次相約一到現場看他心情鬱悶，聊了幾句之後發現他萬事不順，頹喪的表情代表他的無助，但下一秒那猛地一變的銳利目光又在在說明他的煩悶只是一時，他還是那個他，一個積極無畏為了夢想為了成功可以付出一切的他。

後來幾次見面，他都提自己忙得很，忙著交際忙著張羅一切，但就算忙也會抽空再思考除了已經在進行的事之外，他還能做什麼，就這樣過了幾年，成了現在這個模樣。

意氣風發的外表，言語之間是掩蓋不住的喜悅，稍微得意但卻沒有太過自滿的用詞，可雖然如此，但他依然是他沒有變，唯一變的是他成功了，不變的是他的心態，好還要更好，但他也明白要更上一層樓就要付出更多，用積極真誠的態度去面對一切是他未來的課題，但跟他親近的人都知道，他一定做得到，因為他本來就是這種個性。

很多人都說成功不是偶然，很多人在經歷多次失敗卻不輕言放棄造就瞭後來的成功，歲月的流逝沒有阻擋他們的信念，再多的磨難也沒有抹去他們的堅持，所以到最後綻放出美麗的花朵也是必然。

別跟
不懂你的人
爭辯
那就像
對牛彈琴般

我不會

文：君靈鈴

不知道為什麼，也或許是種常態，在職場上很常存在一種人，他們的名字叫「我不會」，以一種很消極的心態在做事，只挑自己想做的事，對於有難度或是不曾觸碰的領域一點興趣也沒有，若是被主管命令得做，他們只會雙手一攤回一句「我不會」。

以前在職場上時，也看過不少這類人，對待一切的態度似乎都很消極，尤其是在工作上。

「去把去年度的銷售報表拉出來。」主管這麼說。

「去年度？我不會。」他們這麼回答。

又或是……

「在預估的時候應該參考過去的銷售紀錄，不是憑感覺。」主管這麼指導。

「還要比較？我不會。」他們又是這種回答。

還有……

「處理客訴的方式應該更圓滑圓融一點，不是一直跟客人說我們會賠償，有的人只是感覺不好，不是一定要賠償，你要用誠懇的心態去跟客人解決發生的問題。」主管這麼教訓。

「圓滑圓融？我不會。」他們再次給了這種答案。

總之一切麻煩事只要讓他們覺得好像超出自己過於簡單的生活思維，他們就不願意動腦去辦好，通常會推托給別人或是丟個爛攤子讓上頭去收拾，看過太多這種例子總覺得這種人遇到困難時會真的不知道該怎麼辦吧？

但話又說回來，如果沒有人可以依靠了，一件事真的必須靠自己完成時該怎麼辦？

其實，他們並不是不會，而是不喜歡離開舒適圈，因為不想離開而不願意去做自己不熟悉的事，也不願意學習，用消極的態度去面對一切，因為在他們眼裡就算天塌下來也還有高個兒頂著，怎麼也輪不到自己倒楣，所以不願意改變。

生活態度消極、工作態度消極、對人生的規劃也消極，但他們對自己卻很好，也是因為他們對自己很珍惜，所以大多都會認為不需要讓自己太累，有些事只要交代的過去就好，萬一無法交代，那就丟一句「我不會」然後別人就會幫他們處理。

事實上，或許天塌下來真的會有高個兒頂著，但人一直抱著這種消極的心態過日子，久而久之惰性不但越來越嚴重，還可能影響到他人對自己的觀感，而且也會漸漸不被他人需要。

因為什麼都不會的人，對誰而言會是一種需求呢？

愛自己是件好事，但如果過份愛自己而讓他人產生過多的困擾及不良的影響，那麼就不是件好事了。

不甘心

文：君靈鈴

著實沒有想到，在畢業那麼久之後會偶遇以前的同學，但令人意外的是他給人的感覺竟然和以前截然不同。

以前的他看起來中規中矩沒什麼侵略性，就像棵路邊的小野草，在班上其實挺邊緣的，但現在的他看起來自信有活力不說，連雙眼都炯炯有神，像這樣的情況怎能不勾起人的好奇心呢？

所以既然雙方偶遇又恰好都有空，找間咖啡廳坐坐自然是個不錯的選擇，畢竟老同學相見，敘舊是一定要的，而聊聊彼此的近況也是另一個目的。

然而一個下午過去，知曉了他的成功也明白了他曾經失敗，而現在的他正處於人生的高峰，而這一切竟都拜三個字所賜，那就是「不甘心」。

「從小我就被看扁，長大了還是一樣，哥哥弟弟做生意失敗好像沒什麼大不了，我只不過賠了幾萬塊還是自己的積蓄就被家裡看更扁，妳知道那種鬱悶的感覺有多糟嗎？」

「所以你不甘心被看扁，才會那麼積極向上？」

「算是吧，不甘心是我變積極想成功的一種動力，而且是一股很大的動力這我不否認。」

「嗯嗯，雖然這麼說有點不好意思，不過有些人真的是要遭受到刺激才會積極向前看，要不就會一直待在舒適圈內不肯動彈。」

「這我認同。」

相識一笑，眼看天色有點晚了，與之交換聯絡方式後便揮手分別，但「不甘心」三個字卻一直在心裡揮之不去。

因為他不甘心，所以他對任何事都變得積極，這是一種連動，至少對他而言是這樣，而這個連動看來效果很好，至少用在他身上是這樣，但後來想想好像類似的情況並不少見。

簡言之就是某些人得受到刺激才會奮發向上，但這種事有正反兩面，也有人因此而頹廢不前，但幸好這位老同學沒有選擇後者，而是用正確的態度去面對他人對他的看清與不重視。

所以他成功了，就在他受到許多打擊而後積極充實自己並一步步打造自己的王國之後，他終於不再被看輕，這讓人著實很為他開心。

當然，人生的道路要怎麼走是自己決定的，但不諱言積極的人成功的機率占比一向比較高，因為他們懂得去為自己找尋更光明的未來而不是傻傻待在原地等著機會或財富從天上掉下來，所以成就也隨著而來。

算　了

文：君靈鈴

有一個朋友，口頭禪是「算了」兩個字，在很多事情上他總是會在遇到一點點阻礙之後不願意動任何腦筋也不願意做任何努力就直接放棄。

這樣消極的態度影響了他的人生，他自己其實也稍稍知道，但他仍然不願意改變，而且對他而言，他人對他人生的定義，也就是所謂「消極態度影響了他的人生」這件事並沒有太大的感覺。

有影響，他明白，但他覺得影響不大，至少他現在還是有份穩定工作，沒有餓著或流落街頭。

但隨著日子一天一天過去，年歲漸長的他開始發現與自己同齡的人都開始有了大大小小不同的成就，有的是在工作上有的是在婚姻上分布不同層面，只有他似乎還在原地踏步，穩定的工作依然是穩定，但也只是穩定而已，上司要提名升遷的人選名單裡頭永遠不會有他，跟心儀的女孩談戀愛總是無疾而終，而他在後得知的理由是「在工作上他態度太消極」以及「在愛情上跟他在一起看不到未來」之類的理由，所以他自認為的安穩人生，也就是最基本的安定而已，沒有任何階梯或光明的道路在他眼前展開。

算了算了，他其實已經數不清自己說了幾次這樣的話，似乎也成了一種慣性，在發現自己似乎該改掉這種習慣時，卻又發現心裡那道「算了」的聲音又起，想懶散不願意行動的感覺也隨之襲來，明知該變卻好似動不了，這讓他感到有點困擾。

更慘的是，即便他終於下定決心要撇開心裡那道「算了」的聲音認真改變，但就是擺脫不了在起頭之後卻又馬上放棄的惡習，那種消極的態度就像老樹根深盤在他體內，要連根拔除似乎很有難度，他驚訝的發現了這一點。

因為習慣什麼都算了，所以努力積極在他心裡一向並不重要，等到發現該重視時雖不能說為時已晚，但要完全擺脫消極的心態對他而言還真是有難度，畢竟他已經在任何事都可以「算了」的這種人生裡過了太久，久到他自己都不知道自己何時曾經積極做過什麼事。

但現在他知道了，消極的態度沒有辦法成就任何事，工作、愛情他會永遠位列最低層，想升階的唯一方法就是改變自己對待任何事的態度，凡事不再「算了」而是該動腦思考或是努力排除障礙與克服困難，因為只有這樣才會邁向新的道路，而不是一直在原地虛度人生而已。

定　義

文：君靈鈴

還記得有一個前輩在許多認識他的人眼中中被定義為一個很愛說大道理說教的人，不過也有些人不這麼認為，認為他只是很積極在說明一些必須積極的事，不該用消極的方式去對待而已。

「用積極的態度去說明對待正事該積極認真」這句話說起來饒舌，看起來也像繞口令，但卻無可否認這樣的觀念其實是再正確不過了，畢竟如果連該做好做對的事都無法用正確積極的態度去面對，那麼還能奢望這個人能做好什麼事嗎？

但其實除了要用積極的態度去面對外，如何去看待詮釋自己的遭遇也是人生學習中的一個重要課程。

不管是什麼事，在每個人心裡都有不同的定義，就算是完全一模一樣的事，也會有人覺得不重要有人覺得重要，但不管是什麼定義，最糟的情況絕對是連定義都不願意，懶到覺得世上無大事成天只想懶洋洋過日。

當然，生活態度消極的人大有人在而積極以對每一天的人也不少，這正反兩面其實很有趣，尤其當聽到消極的人取笑積極的人太認真度日會累死自己而積極的人嘲笑消極的人生平無大志沒有出息時，這對立的雙方就很自然自成兩派，誰也看不起誰。

然而，消極錯了嗎？

積極錯了嗎？

這想來沒有絕對，人生而自由，怎麼想端看個人，但如果今日將「成功」二字擺在這兩類人前頭，很實際的層面就跑出來了。

如果有夢想如果有目標如果有心之所向，那麼用消極的態度應對便非常有可能到最後一場空，留下的只有望天感嘆的自己，但如果用積極的態度全力以赴，那麼就算最後不成功，也會欣慰自己盡全力拚過一回，甚至累積了不少經驗足以讓自己再成長一些。

重點在於自己如何定義，是否要在該拚的時候全力以赴而不是裹足不前，覺得雖然很想成功但自己「應該可能或許」做不到。

做得到做不到是一回事，看輕自己態度消極又是另外一回事，所以這位前輩喜歡用積極的態度去說明對待任何事該積極也是因為看過太多這樣的例子，而情況通常是後悔已經來不及的狀態。

很多事錯過不能重來，當人生翻開一幅新的篇章後，情況也可能與以往已經大不相同，如果不想後悔想立時選邊站，那麼積極陣營或許是更好的選擇才是。

說　謊

文：君靈鈴

可能有很多人沒有意識到，其實說謊也是一種消極的表現。

因為想逃避而說謊，因為不想面對而說謊，因為覺得麻煩而說謊，因為不想負責任而說謊。

說謊的理由可以五花八門，但說穿了就是用一種消極的態度在應對所有事，因為只要開口或許就可以避開所有麻煩事，想來何樂而不為所以也就如此為之，落了個輕鬆自在，但活在謊言中的人生，真的就自在了嗎？

其實不然，說謊衍生出來的問題與麻煩可能更多，一時的逃避逃不了永久，不想面對終有一天也要面對，覺得麻煩後續可能會更麻煩，不想負的責任在謊言之後必須承擔的可能更重更沉，這些都是一時消極心態說謊可能造成的後果，想不累說不定之後更累，完全是得不償失一點好處也沒有。

但偏偏這樣沒有好處的事卻是許多人共通的毛病，在日積月累的慣性法則下，遇到事就先說謊變成了一種習慣，總覺得遇事不先說謊推託一番肯定對不起自己，所以也導致很多人在這樣的情況之下陷入一種奇怪的循環。

事情來了然後說謊推掉，但兜兜轉轉事情又回到自己身上，這時開始考慮要不要繼續說謊推託，然而不推結果還好，再次推拖的結果就是責任越大事情越多如麻，最後開始怨起自己怎不一開始就接受，也不用落得現今累個半死或根本無法處理的窘境。

這類的循環並不少見，而會陷入這樣的循環就是因為一種消極的心態，無所謂且不想惹麻煩的態度是一瓶毒藥，心想著反正也不一定做的好或做得到就不想管，卻不想這等於是否定了自己而不自知。

因為不知道也懶得去察覺，所以即便知道這樣做好像不太好，但偏偏又想著只是「不太好」不是「非常不好」那應該「還好」吧？

所以就繼續說謊，然後消極的想著等到天塌下來那一天再來解決，卻老是忘記天已經塌下來過很多次，而自己每回都是在驚險中度過，完全沒有所謂的悠遊自在可言。

而更糟的是，沒了自在也就罷了，還可能失去旁人的信任換來指指點點，被冠上一個說謊精或那人不值得託付委與重任的稱號，漸漸的失去的比得到的更多，成語中的得不償失，大抵說的也就是這種情況了。

面試的勝利

文：君靈鈴

身邊有一對朋友很有趣，兩人也不是約好的，只是因為天性使然所以形成了強烈的對比。

這對朋友一個性格外向活潑而且事情都往好處想，一個卻內向害羞而且想法總是有點灰暗，雖然後來兩人出社會後都有了些改變，但骨子裡還是不變的，只是後來我們其他人都發現，他們的性格影響了他們的職場生涯，而且依然是強烈的對比。

只是我們大家都沒料到的是，這對朋友居然會在前後兩天去了同家公司面試，而且結果大相逕庭。

一個成功一個失敗，又是一次強烈的對比，而那間公司的面試官好死不死是另一個朋友的朋友丈夫，所以後來這對朋友面試的過程也就這般傳了出來。

其實，面試的內容並不算太刁難人，看過履歷之後也就是一些簡單的測試，但雙方態度的差異就在這時產生了。

外向的那位朋友一聽見有測試不僅眉頭都沒皺一下還一副躍躍欲試的表情，甚至在測試完覺得自己表現得似乎沒有很好後也不氣餒，在面對後續面試官的問題時依然態度積極的表現出自己很想爭取這份工作，即便他很明白自己剛剛測試表現的不是太好，但他卻有信心在進公司後會用正向上進的態度對待他的工作，所以即使他不是表現最好的應聘者，但他還是被錄取了。

反觀另一位習慣性把自己放在灰暗世界的朋友，雖然測試的難度他覺得還好自己還應付得來，但偏偏他知道這個工作競爭激烈，面試官還沒判他輸贏他自己倒是已經覺得自己輸了，後頭面試官的詢問他態度更是有種已經半放棄的狀態，後來雖然他的測試結果名列前茅，但卻沒有被錄用。

但說真的，這樣的結果不讓人意外，很多公司在招聘員工看的不只是經歷與能力，很多時候是態度問題，畢竟就算經歷再深能力再強，但沒有為公司奉獻的熱情和對工作積極的態度，那麼在錄用與否這一點上，很可能就被打了回票。

這也是為什麼有人會說去面試「態度」是最重要的，畢竟對經營者而言，一個想要為自己賺錢有著積極態度的員工總比一個只想要來公司領薪水的員工好多了，權衡之下如果兩人之間的差異並不大，很多人都會選擇後者而放棄前者，所以說帶著積極的態度去面試，也是面試的一種訣竅呢！

失敗了 別難過
因為離成功又近了一步

成功了 別囂張
因為要一直維持不簡單

For Future

文：君靈鈴

為了未來，你願意做什麼？

突來的一句問話讓阿賢愣住了，他想著自己不過就是來面試一份得以餬口的工作，怎麼忽然就丟來這樣一個問題？

為了未來願意做什麼？

說真的他還真沒想過，因為他總覺得「未來」這兩個字很遙不可及，而且依他以往聽來的說法，就算規劃好了未來，但事情總不會盡如人意，常常是計畫趕不上變化而且變化之大又讓人措手不及，所以他通常不去想未來的，總覺得還是只看眼前比較實際點。

但此時此刻，或許有可能會成為他主管的人正等待著他的回答，他忍不住嚥了口口水，心裡琢磨著該怎麼回答才會讓對方滿意，因為只有讓對方滿意他才能得到這份工作。

「我想按部就班踏實的過每一天，把自己份內的事情做好，不給上司及同事添麻煩，腳踏實地一步一步往上爬。」

這是阿賢的回答，但他看到對方眉頭慢慢皺了起來，他頓時心頭一驚。

怎麼這麼上進的回答還不能讓對方滿意嗎？

「這麼制式化的回答我並不滿意，因為你的話中只有消極的態度沒有一絲絲積極的感覺。」

「啊？」

阿賢愣住了，他不懂對方為何這麼說，心裡想著難道腳踏實地一步步往上爬這句話還不算是對工作有熱情有積極的態度嗎？

「你所謂的按部就班過每一天，把自己份內的事情做好在我耳裡真正的意思是你只會做好你認為該做的事，而不給司上跟同事添麻煩的反面意思也代表你不會在他人在公事上有困難時主動去幫助別人，至於一步步往上爬我想這只是你覺得你得這麼說才能博得好感。」

「呃……」

阿賢當場傻眼，但他卻無法反駁，畢竟對方這一針見血的說法還真恰恰一針針刺入他的內心，他一向就是這樣的人，在職場上也的確就是這樣的個性，而他這種獨善其身且對未來沒有目標的消極態度也反映在他日常生活中，導致他的人生一直走在一條看似平順沒有任何波瀾但實際上卻等於外人所言的「一事無成」這條路上。

「很抱歉我不會錄用你，我從你的眼神中可以看出你對任何事都沒有太多的熱情，而本公司需要的人才其實條件很簡單，只要有一個積極的態度就可以了。」

「……我明白了。」

雖然覺得有點難堪，但阿賢還是禮貌的點頭致意後才離開，但離開後他卻有點鬱鬱寡歡，因為這還是頭一次他發現原來自己這種得過且過偶爾耍點小聰明的心態竟然是行不通的。

而老實說，到此刻阿賢還沒想通的是，對於未來的描繪，很多人可能覺得沒必要，也很多人會因為之前生活或工作上遭受太多磨難而對未來失去信心，但人生中如果缺乏了熱情積極的態度，這個人生將會更乏味更無趣更讓人難以忍受。

有抱負小姐

文：君靈鈴

羽虹升官了，但這一切都在大家意料之內，畢竟她進公司後的表現有目共睹，在工作上的拚勁更是勢不可擋，所以升上主管誰也不意外，但就算是這樣依然還是有碎嘴的人竊竊私語說羽虹就是好運才會爬得這麼快。

可事實是這樣嗎？

其實，羽虹目前這間公司的同事可能不知道，畢竟她才剛被挖角過來約一年，平常忙碌說真的也還沒有太多時間跟同事們打交道，但要是在她以前的公司一問，很輕易就會知道她有個外號叫「有抱負小姐」，而這個稱號還得從她畢業後第一間公司說起，又或者該從她很小的時候說起。

羽虹從小就是個對自己很有規劃也很規矩的孩子，這一點可能要歸功於她母親對她的教導，因為她很小的時候母親就對她說過，人生不該每天盲目地過日子，而是應該訂定目標，而且當目標達到時那種快樂是很多事都無法比擬的，但她母親也說了，人不該好高騖遠，訂定目標應該以自己能力所及為主軸，如果想要挑戰自己那也無不可，但還是得衡量自己的能力，不該過於勉強自己，畢竟此路不通別條路總會通，人不是非要跟別人走同一條路才能達到目的，最重要的是抱著積極陽光的心態，人生才會慢慢走向燦爛。

這些話羽虹從來沒有忘過，而等她出社會後進了第一家公司後沒多久她就被前輩們冠上「有抱負小姐」這個稱號，原因是因為她積極上進好學的態度讓前輩們都很滿意。

對於未來，她有自己訂好的目標，但她從來不躁進，沒有一進社會就想著自己要賺大錢而是打算一步一腳印，訂定的目標是在自己能力所及的範圍內，而當目標達到後她感覺到自己升級了，這才敢在訂定新的目標，就這樣一步一步越爬越高。

她是有抱負，但她不自負也輕浮，要得到什麼就要付出努力這個道理她深諳其道，這是她成功的原因，但她也不打算止步於此。

在可以做到的範圍內她想盡力挑戰自己，而真的做不來的部分她也從不留戀，沒有人是十全十美的，重要的是心態是否正確，如果只是想著在原地踏步就好，那麼當別人積極努力向上獲得成功時也請別開口就酸，畢竟人家暗中付出了多少可能是看不見的，而獲得勝利也只是必然而已。

積極面對失眠

文：剛田武

現代都市人，每人都應該面對過失眠。但凡是成年人，總會有工作壓力、生活壓力、心煩、憂慮、又或許生病，便容易失眠。就算是學生，也會有學習壓力，或考試壓力情況下失眠。

失眠是十分令人煩惱的事，當躺上床，想睡的時候，卻偏偏睡不著。越不能入睡，就越想睡，越想睡，就更睡不著。

坊間很多流傳說不少的解決失眠的方法，什麼數綿羊、喝點酒、吃安眠藥。這三種肯定以安眠藥最有效，不過，個人對於倚賴藥物而達到入睡這做法，並不太認同，因為擔心吃過之後，以後若不吃藥便無法入眠的話，這個問題就很嚴重了。

至於數綿羊，卻真的沒試過，不過，這方法應該只會感到無聊，並不一定會有睡意。而喝酒則很有趣，不喜歡喝酒的人，是不會為想睡覺喝酒，喝幾口可能還更精神，一口嗆辣的，或一口苦澀，不清醒才怪呢！更有趣的是，喜歡喝酒的人，有些的確是只小酌一杯，但對睡眠是否有幫助？就當事人才知道了，或許是個人的習慣而已（筆者每晚也習慣睡前喝茶，卻不會對睡眠有任何影響！）。但也有人可能越喝越多，但肯定有效，因為會喝醉，就真的會倒頭大睡。

沒有試過什麼特別的方法，每到失眠時，躺在床上一小時仍睡不著，就會積極面對失眠，起床吧！做點什麼活動。有工作時就做工作，沒有什麼特別事情，可以看看書、或看看電影，又或許寫寫文章，夜半時份胡思亂想後，把心情記下，也是不錯的做法。總之，就不會留在床上輾轉反側。

通常多忙了一兩小時，就開始覺得睏，再到床上，很容易就會睡著的。當然，第二天早上，因為睡眠不足，自然覺得精神不足。不過，就算你躺在床上到第二天也同樣會精神不佳，但至少可以利用這些失眠時間做了些什麼。

第二天經過忙碌及辛苦的一天後，當晚通常會比較好睡，失眠基本上只要撐一天就能回復正常。萬一不幸地，第二天還是失眠，同樣也別在床上起來，同樣活動幾小時，兩天、三天，總會有好好睡的一晚的。當然，精神不佳的情況下，還要上班、工作，必定很辛苦，但只要撐過去便沒問題了。

養家的壓力

文：剛田武

新婚的他，非常高興的告訴我這個好消息，一年後小孩出生了，他的妻子必須坐月子，並且照顧小孩，因此長達一年半沒有工作，少了妻子的收入，他們幾乎花光存款，幸好父母親已經退休，可以代為照顧小孩，讓他們度過難關。孩子現在已經四歲，非常可愛，這是運氣不錯的家庭。

沒有避孕的他，生了三個女兒，還有一個男生，妻子在大女兒十歲時離婚，靠著自己的努力，終於把小孩養大，大女兒唸的是私立大學，二女兒跟三女兒都是公立高中，兒子唸國中，如果沒有就學貸款，大女兒的學費跟生活費恐怕沒有著落，於是每個小孩都是利用了就學貸款才完成學業，否則他的生活很難撐下去。只有國中畢業的他，看到哥哥三個女兒跟一個兒子，沉重的經濟負擔，心生畏懼，遲遲不敢生小孩，因為他的收入不穩定，有時還會失業，直到四十歲那年，妻子受不了他的消極也離婚，跟哥哥有四個小孩成了強烈對比。

一場車禍，奪去了妻子的一條手臂，受傷也讓她不良於行，走路一跛一跛的，漫長的復健花光了積蓄，房貸壓垮了他們，所以他們只好把房子賣掉，由於買的時候是處於高價區，賣了快一年之後終於成交，但能拿回來的錢非常少，只有十多萬，但不賣的話，每個月將近三萬的貸款實在吃不消，忍痛賣掉之後，在市區較偏遠的地方租房子，雖然房租只有 7000 元，但通勤的費用可不少，光是油錢，他每天都得花不少，加上保養與損耗，他的汽車里程很快就超過三十萬，這下又得準備一部車的預算，妻子勸他騎機車上班，但路途遙遠，下雨天怎麼辦？夫妻終於達成協議，下雨才開車上班，老爺車就勉強再用幾年。

正所謂家家有本難唸的經，每個家庭會碰到的狀況不一樣，有人能力強賺大錢，沒有養家的壓力；有人運氣不好，遇到倒債、跳票、車禍、生大病、火災、裁員等意外，經濟陷入困境。養家確實不易，尤其現在房價高漲，租也不是，買也不是，非常尷尬，保險、手機也幾乎固定要錢，買部車丟著不開照樣要課稅，還得繳車位租金，每個月固定收入的人，能夠自由支配的金額相對不多，日子過得辛苦，想要理財，還擠得出錢嗎？實在是個大問題啊！

要做個快樂的人
並不需要金玉滿堂
也不需要榮華富貴
但一定需要有一顆

知足的心

射鵰與打雀

文：剛田武

光看字面，射鵰與打雀的氣勢，當然以射鵰為高，試想想，郭靖拉弓射大鵰，這畫面實在好看。而打雀，只會聯想到用橡皮筋加小石射小鳥，氣勢自然弱很多。

不過，這裡想談的不是真正的打雀，而是打麻雀（打麻將），並且也不是談這兩者的動作，而是回味一下，上世紀七十年代末的兩首歌詞。

香港首部《射鵰英雄傳》電視劇於 1976 年播出，主題曲由林穆先生主唱，作曲作詞皆為黃霑先生（當年筆名：劉傑），歌詞中就將劇集中的主要人物及招式盡寫出來，文筆之精彩，看到這首歌的歌詞，腦海中自然浮現劇集中的情節，實在令人驚嘆！

「絕招好武功，十八掌一出力可降龍⋯射鵰彎鐵弓，萬世聲威震南北西東⋯一陽指蛤蟆功，東邪西毒南帝北丐中神通，好郭靖俏黃蓉，誰人究竟是大英雄。」

至於打雀呢？也是在七十年代末，許冠傑先生的一首攪笑歌曲：《打雀英雄傳》，就是用了這首《射鵰英雄傳》的曲，並配上全新的歌詞，由許冠傑先生主唱及與黎彼得先生合作填詞。填上了打麻將的情況，只要一看到這歌詞，同樣自然想起了打麻將的各種細節。

「六嬸，三太公，大眾開枱啦面似蓮蓉，又放工，打餐懵，圍埋砌幾圈論呀論英雄，誰是大英雄。落手三隻東，度到啱三叫二五六筒，（食呀）截正糊，真陰功，騰騰震嬲到面呀面都紅。」

每次聽這首歌都能夠會心微笑，在麻將桌上遇到的所有情況，都一一在這首歌中出現。找誰來打，下班了一起打，就連玩牌的過程也有，還遇上一些出千的人，實在非常無奈。

「執咗位，起過風，移燈換櫈洗手食煙熨櫃桶，轉下運，確唔同，連隨吔幾舖我露吖露歡容。」

這段也說了，不少人相信「執位」換位置就會轉運，還要移一下燈、換椅子、洗手等動作，運氣就會改變。

整首詞最欣賞的是這句：「大四喜揸曬南北西東，」對應射鵰的「萬世聲威震南北西東」，實在改得非常出色，原來的意思是威震江湖，用南北西東來作句，結果變成麻將中的南北西東，真的是一絕。

最後兩首詞的共通點是，做了大英雄。射鵰中的郭靖當然是大英雄，在打雀中，自然贏錢最多的是大英雄，這種幽默感實在難得，結論就是，兩首歌詞都是一絕。

愈看愈感悲哀的喜劇
——《富貴逼人》

文：剛田武

在不少香港人心目中，看周星馳的影片就是歡渡農曆新年的最佳節目。不過對我來說，周星馳影片是什麼時候都能看，只是當年剛好放在新年檔上演，而且每次新年的時候都被各大小電視台和電影台播放，才讓人覺得是「最佳賀歲片」。如果要我選最有影響力和最可觀的賀歲片，我會選擇 1980 年代的經典電影《富貴逼人》。

《富貴逼人》選擇以平凡的屋邨市民中六合彩一夜暴富為故事大綱，這已經是幾乎肯定成功的方程式，因為屋邨市民是 1980 年代社會最主要的組成部分，雖然到了 2020 年代隨着社會發展，有不少「屋邨仔」已經變為私人樓宇住戶，不過香港還是有數以百萬計市民住在公共屋邨。而且無論是住在哪裏，只要不是像李嘉誠般的巨富，都肯定會發過橫財夢，都希望可以透過中彩票脫貧。因此只要不把場面拍得太離譜難看，屋邨市民以中彩票致富的橋段在什麼年代都充滿代入感。

不過《富貴逼人》並不甘於只講述窮人一夜致富的故事，它的野心是幾乎把所有 1980 年代的香港文化和面對的社會問題巧妙地放進影片中，令故事大綱展現得豐富很多。比如是當年最熱門的「移民潮」問題，這影片是在 1987 年首映，當時還沒有「六四事件」，移民潮還沒有到達頂峰，不過影片開段就描述主角「驃叔」一家出席喜宴的時候，所有親戚朋友都談論會不會考慮移民或送子女到外國升學，反映當時的香港人多麼渴望遠走他鄉。當驃叔被問及會否移民之際，他就義正詞嚴地呼籲大家身為龍的傳人應該留在家鄉做大時代的見證人，所有人聽畢後都低頭繼續喝魚翅湯，形成相當搞笑的畫面，既表達驃叔與大眾話不投機，亦暗諷驃叔是傻子。劇組在後來也再給驃叔這一番言論來個致命一擊，就是當驃嬸中了六合彩獲得 1,900 萬港元後，驃叔便立即「以今天的我打倒昨天的我」，向家人強調為免將來（1997 年後）因為擁有巨額身家而被清算，所以「今時唔同往日」之下必須移民，盡顯香港人在什麼都沒有的時候就大義凜然，可是擁有了名利權位後就極力明哲保身的虛偽嘴臉。

這些極具時代感的情節，雖然到了今天回看起來都覺得好笑，不過在歡笑的背後，卻有一份淡淡的悲哀，因為影片中的香港早已經一去不復返，隨着年代相距愈久，這份感覺便愈來愈濃厚。

另外，由於這部片是以橫財致富為故事主軸，所以不免講述窮人變富人之後的行為和心理變化。近年有不少研究指出，如果依靠橫財致富，或是財富來得太容易，包括是職業運動員二十出頭便獲取數以千萬元計的薪金，由於理財觀念和知識不佳，所以當中會在 10 年內宣布破產的百分比是超過九成。確實猶如驃嬸等家人在中彩票後就不斷買些高價卻不知有何用的奢侈品，或是女兒們希望用錢環遊世界和購買大宅和遊艇等，相信是絕大部分獲得財富後都立即想做的事。可惜這世界總是花錢容易賺錢難，再多的錢也有可以很快用盡的一天，而且最大的問題是突然到處花大錢買這買那，在過於招搖之下就容易引來心術不正之士招聚，導致影片末段的綁架勒索橋段。當連李嘉誠這麼不招搖的巨富也引來強盜綁架自己的長子，那麼因為突然發財導致心理不平衡，從而過於招搖的人，會遇到危險似乎是自然的事。

珍惜你擁有的一切
誰也不知道
下一秒會發生什麼？

假　裝

文：剛田武

活了超過半世紀，無論是讀書、工作或某些場面，認識的人可說不計其數。每個人都有每個人的不一樣，但總會有些特別的人，又或許稱作奇人，這些人就是很喜歡一個名詞：「假裝」。

是，沒有錯，這些人沒錢裝有錢，不懂裝懂，真的無法理解他們心中想什麼。

求學時期，就有中學同學，很愛炫耀，總是說自己很有錢，但他平常用的東西也不怎麼樣，更甚的，還說自己要去談生意，三天內往來倫敦。那個沒有廉航的年代，去倫敦的機票可說是十分驚人的。我們幾個同學還因此而查詢過航空公司的航班對照，結果，當然沒有他所說的航班時間，我們知道了也不會因此而識破他，只是心裡納悶，這到底是什麼原因？

到了職場上，這種人也沒有絕跡，偶而總會出現一兩個。這些人有時候，無論上至天文，下至地理，無所不曉。事實上每件事只是一知半解，他們說出來時，好像頭頭是道，但只要稍後深入一些，便原形畢露。有時候，為了大家同事的感情，不想識破他的慌言。但這些人還是大言不慚，說得好像是真的一樣，若面對不作深究的人，真的會信以為真。

這種人一直出現在身邊，幾十年來，也弄不清他們心中所想的。為什麼愛「假裝」？這樣真的會比較開心？到底是自卑感？還是炫耀心？

不懂裝懂，除了會令人討厭外，也更容易害了別人。如果有人也不懂這事情，聽了這種人的話語，可能因此相信了，相信了一個錯誤的訊息，這不就是害了別人嗎？

同事之間假裝有錢的更是無聊，大家都是同事，收入有多少大概也知道，這種假裝實在更沒有意義。而且，假裝出來的只是表面上，省吃儉用的買名牌東西，只為炫耀一刻。遇著同事有困難時，別人找他幫忙，由於都是假裝出來的，實際上是有心無力，這樣不是傷害了朋友間的感情。

做人不是應該腳踏實地，懂什麼就懂什麼，不懂就不懂，其實也沒有人恥笑的，不懂裝懂，說的話空洞，沒有內涵，而且，錯誤百出，這應該引來更多的嘲笑。

活了數十年，真的不懂這種人的想法，交朋友，坦誠相對真的那麼難嗎？什麼事情都是假裝，到時沒有人相信自己，這樣活下去實在會有多難受啊！

溫故知新，
學到做人道理《吞併六國》

文：剛田武

柏楊版資治通鑑 2《吞併六國》，繼續戰國時代的末年，各國依然不知醒覺，仍然不團結面對秦國。

宋國更在宋偃的統治下，更四出攻擊鄰國，將數百年歷史的宋國推向滅亡，而柏楊先生更提出，宋偃與希特勒有很多相同之處，例如：大獨裁者、消滅附近的小國等，說起來也是，納粹德國的確只能消滅附近的小國，唯一較強的只有法國，面對英國及蘇聯，都是束手無策。

齊國王田地，也是中國典型的自大狂人物，也不看看什麼情況，已經無權無勢，還在耍架子，這類人真是多的是。

中學時曾讀過的廉頗與藺相如的故事，在此冊中出場，二人的能力不容置疑，更令人感動的是，二人的高貴情操，做事前都先以國家為出發點，並不是先解決私人恩怨，實在難得。

魏無忌的故事，在中國歷史上不斷上演，魏圉害怕被取代，但魏無忌已經比較幸運，沒有被什麼罪名加上去，最後幾年還可以陶醉在美女群中，也算不枉此生。

中國二千年的傳統裡，功臣通常都沒有好下場，這冊中的樂毅便是表表者，就算是天才橫溢，似乎也難逃一劫。

魏國盛產人才，上一冊已看過不少，這一冊又出了一位范雎。范雎的遠交近攻政策，讓秦國進一步統一天下作好準備。

趙括也是一位說就天下無敵的人代表，在網絡時代的今天，似乎嘴砲的人更多，但做事卻一無是處，長平之戰趙軍大敗。而秦國大將殺降，人數更達到恐怖的四十萬，當然，白起最後也不得好死。

須賈、魏齊等是中國最古老的人渣，這類危害國家，卻整天裝著一臉忠貞的垃圾人物，中國多年來從不缺乏，直到今天仍然充斥整個社會。

韓國當權者竟然想到用令秦國改善水利，而影響國力，這種莫名其妙的政策，其實今時今日仍然有些政府在做。

六國聯軍在魏無忌領軍下，秦軍也落荒而逃，證明六國是有實力抗戰的，敗只是敗在不團結。奇怪的是，秦國向各國的進攻，已人人皆知，到了這個時候，六國還在自相殘殺，實在令人難明，讀了歷史多年，其實不斷在讀人類的錯誤史。

李斯一篇「諫逐客書」非常精彩，一再強調人才的重要，到了今時今日，國家富強仍然倚賴人才，而人才無分國籍，但偏偏仍有些人的腦袋，比二千多年前的人的思想還守舊。

荊軻刺秦王這個故事，再度重溫，一句話：「士為知己者死！」又有多少人做得到，這種可列為恐怖襲擊的事件，只針對個人，而今天的恐怖襲擊卻大部份都是針對平民百姓，可見到那些年的刺客，真的光明磊落得多。

最後，嬴政統一了當時的全世界，中國進入新的紀元，一個全新的國家出現。

歷史總是循環，人犯的錯誤也總是一而再再而三，看歷史真的可以了解到做人的道理。

人口減少並沒有不好

文：剛田武

最近媒體出現了一個關於台灣出生率為全球倒數第一的新聞，而一些專家就開始討論，甚至連名嘴也都在說這個事情，我個人的看法倒是跟多數的人不同，因為我看的是台灣長遠的發展，這是全世界的長遠問題，而不是只有短短幾十年。

人口逐漸減少，對於土地本來就有限的台灣來說，其實是件好事，當土地的需求降低之後，人民買房的壓力會降低，甚至租屋的壓力也會降低，相對的，水資源的需求跟電力的需求也會降低，台灣將逐漸邁向不缺水、不缺電、不缺房的國家。

而自動化越來越高度的世界，失業率的提高是必然的，人口減少剛好可以抵消失業率過高帶來的衝擊，唯一的壞處是企業獲利會降低，但這只是暫時的，等到自動化的比例達到八成以上時，人類的工作將由機械取代，所有人都搶著做剩下兩成的工作時，分配工作的年代將正式來臨，否則將天下大亂，處處暴動，想像一下，失業人口超過五成，這些失業的人不會想推翻統治者嗎？而最好的方式就只有分配工作，沒有別的辦法，不是嗎！？或許還要幾百年，甚至幾千年，這一天才會來臨，但我們正朝著這樣的方向走，這一點是非常確定的。

人口減少對人類的長遠發展是好的，我們不必像光明會那麼極端，想要把人口數減少至五億以下，但至少要控制在五十億，甚至二十億以下是必要的，因為地球只有一個，在人類有能力移居外星之前，我們只能存活在地球上，因此資源的消耗要想辦法減少，以免後代沒有鋼鐵、水泥可以蓋房子，或許你會說鋼鐵可以回收，但可曾想過，回收需要消耗多少其他的資源呢？

這些資源能否再生？如果像現在這樣肆無忌憚的開採跟使用，誰能保證水泥不會消失，而全數變成了建築物的一部份，那麼以後的人又該用什麼當建材呢？因此控制人口是全世界都該注重的事。

偏偏現在各國都希望經濟更好，而經濟更好就意味著人口必須一直膨脹下去，但這是有臨界點的，也許是一百億，也許是兩百億，當人口達到臨界點，資源的消耗更大，土地的需求更多，可以拿來耕作的土地跟水資源就會更少，最後的結果就是強權消滅弱者，佔領他們的國家，消滅之後，才有可能徹底解決問題，除非現在就開始控制人口，否則下一次世界大戰的目的可能就在此，也就是強權侵略並大量屠殺弱者，直到完全佔領他們的國家。

可能自毀的瘋狂

文：剛田武

1945 年美國進行了首次核子彈試爆，雖然目的是為了終止第二次世界大戰，當時的人類對於核武其實充滿太多未知，幸虧核裂變沒有發生，否則地球表面的空氣將瞬間燒光。雖然中止了第二次世界大戰，卻讓核武的威脅持續至今，並且可能一直持續下去。美國在 1962 年又做了一次更瘋狂的核試，高度四百公里的核爆，威力超過原本的預估，達到廣島核彈的百倍，除了炸穿臭氧層，還引起地磁的紊亂，也毀了不少人造衛星。

生化武器的前身叫做超級細菌、人造病毒，美國政府曾經想用稻熱病當成生化武器，幸虧最後沒有使用，否則現在的水稻和小麥恐怕會變成不產，人類將因此發生饑荒而餓死將近一半的人口。

這次武漢肺炎，徹底改變了人類的生活，最可怕的是病毒一直有突變被發現，這是人造病毒的特性，雖然沒有直接的證據顯示，但也只不過是找不到罷了，最糟糕的是目前的疫苗無法百分之百有效，因此全世界想要擺脫武漢肺炎 Covid-19，恐怕沒那麼容易，尤其是印度，最近的狀況非常糟，死亡人數直線上升，恐怕會在短期內超過美國、墨西哥、巴西，成為死亡人數最多的國家，而且這幾個國家的疫情並未有效控制，事實上，美國已經連續多月，單日都超過五萬人確診，目前確診人數已接近人口的一成，即三千多萬人。

大型強子對撞機，是目前人類最瘋狂的實驗，歐洲核子研究所 CERN 建於 2008 年，位於法國跟瑞士之間，它可能造成宇宙大爆炸、黑洞、反物質，無論是以上三種的那一種，將直接宣告世界末日，而且不可逆，沒有補救的機會，也就是說萬一實驗的結果，其規模超出預期太多，人類就瞬間消滅。這麼可怕的實驗，實在讓人毛骨悚然。

另外一個瘋狂的是地外文明探索計劃即 SETI，最糟糕的部份是發送訊號，萬一真的有外星文明，而他們又覺得地球對他們有威脅，那麼電影 ID4 的情景將會上演，地球能否如電影般倖存？並打敗外星人，我的看法比較悲觀。

然而最可怕的是以上的行為都是科學家做的，科學家應該要做一些對人類有益的事，但他們卻做了許多瘋狂的實驗，甚至有些已經成功但無法控制後果，尤其是第三段所提的大型強子對撞機，一旦失控，人類不是滅絕而已，恐怕連地球都毀了、太陽系也沒了，嚴重一點也許銀河系都消失，到底這些聰明絕頂的科學家在想什麼？為什麼要做風險這麼高的實驗？

人生很短，扣除吃飯、
睡覺、洗澡、休息、
工作、趕路、雜事，
只剩不到一成是自己的，
那為什麼還要跟那些
讓人不快樂的事

過不去！

即將消失與正在消失的職業？

文：剛田武

當電腦誕生的那一刻，決定了人類快速進步的時代正式來臨，也就是說會有許多行業因為電腦的進步而消失，智慧型手機的出現，更造成許多行業的衝擊，我們或許得到了好處，但也有很多人受害，因為他們失業了，這是現在進行式，而且會一直持續下去，直到人類覺得沒有必要再進步，這一天來臨的時代，恐怕要幾千萬年以後了。

先說說近代逐漸消失的行業，包水餃的工作，原本養活了許多人，但自從機械設計的進步之後，包水餃的工作就被機械搶走，或許還有許多商店還保有手工包的水餃，但逐漸被取代是事實。

採蘋果原本需要大量的工人，但現在的蘋果為什麼沒漲價太多？因為一部採收機器，就可以代替數十人，甚至上百人。以前買賣股票，都要透過電話，或是到證券公司親自下單，自從智慧型手機的普及之後智慧型手機的，人們買賣股票跟看盤都使用手機，靠接單的營業員收入越來越少，最後，他們的數量會只剩下原本的一成，甚至更少。照片沖洗店，自從大部份的照片都數位化，這個行業的沒落是讓人非常有感的，當然有許多店想辦法走出自己的路，可是苦撐或是倒閉的更多。

自動駕駛雖然還沒有成熟，但可以預見的是封閉且安全的路線，將會最先採用，最終，都會區將全面自動駕駛化，出了城市之外，高速公路上應該也會由電腦接手，然後連一個五歲小孩都可以單獨操控一部車子，而公車司機跟市區計程車司機恐怕是最先被消失的。

部份實體店的店員也會消失，凡是規格化的產品，都會漸漸在網路上銷售，因為實體店的成本太高造成售價更高，根本無法跟網路商店競爭，最後只好退出市場或是轉型成為網路商店。

電腦的進步，最後會讓翻譯消失，目前看似錯誤百出的翻譯軟體，總有一天會成熟，進化成多國語言翻譯，並且可以即時翻譯或口譯，甚至模仿說話者的聲音，只不過我們聽到的是設定好的語言，而不是說話者原本的語言。

這世界變得太快，變得我們幾乎沒有喘息的空間，我們只能跟隨它的腳步，稍微放鬆可能就會大幅落後，然後就會面臨被淘汰的命運，看著多少早已消失的行業，不禁讓人感嘆這世界的殘酷與無情，身處在這樣的世界，似乎只能勇往直前，偶爾回首，那曾經的美好早已不知所蹤。

籠牢的外面還是籠牢

文：剛田武

青春期的少年少女，總覺得父母管太多，家其實不溫暖，反而像是籠牢，於是就有了許多翹家的少年少女，他們逃出了家庭的束縛，但轉眼間就會掉入另一個籠牢，最後的結局會如何？端看個人的選擇，選對了，家人依舊張開雙臂歡迎他們，選錯了，連命都沒了，最慘的是父母也無法得知他們的死訊，除非警察破案。

他不愛唸書，老師拿他沒輒，父母親怎麼勸也不唸，於是開始翹課，最後則是連家也不回，沒人知道他是怎麼過日子的，直到被判處死刑之後，他才向監獄中的教誨師哭訴，但已經來不及了。

那一年他十五歲，離家出走後，在一個街頭獨坐，一位剛下班的酒店小姐，踉蹌的腳步走向他，然後在他身旁跌倒，他扶起了她，並送她回家，接著就住在她家，並把她當成家人，經過她的介紹，他開始混幫派，從最基層的停車小弟，到酒店服務生，然後變成圍事，再成為幫派老大的左右手，此時的他已經離家十年。

正所謂人在江湖，身不由己，當他混幫派這麼長的時間後，打架只能算是開胃菜或是甜點，殺人是免不了的，他的老大長期跟另一個老大在搶地盤，並同時在販賣毒品，龐大的利益爭奪，使得兩邊的明爭暗鬥越來越激烈，小弟失蹤，左右手橫屍街頭，甚至直接衝進對方的地盤開槍，他的老大死了，最挺他的兄弟雖然接手事業，沒多久也消失在人間，怎麼找也找不到。

他為復仇，拿了兩把手槍，單槍匹馬滅了對方的地下賭場，還開槍打死了仇人，但他被捕了。經過漫長的司法程序，他還是被判處死刑，並且放棄了上訴，死刑執行前，他要求見父母一面，年邁的父母隔著玻璃淚流滿面，怎樣也沒想到多年不見的兒子，竟是殺人如麻的劊子手。

他以為幫派是他的家，結果幫派老大讓他做的全是出生入死的事，賣命的是他，得利的卻是老大，旁邊的人只分到一點點，就像是一碗肉湯，老大吃光了肉，喝了一半的湯，其他人只有喝湯跟洗碗的份，偏偏很多人進了幫派就難以脫離，他的故事是悲劇，慘痛無比的悲劇，連回頭的機會都沒有，白髮人送黑髮人之後，是無盡的痛苦，每年他的忌日，父母總是免不了一場哭，但已經沒有挽回的機會了。如果十五歲那晚，他回家坐在門口，或是敲門，相信這一切的壞事都不會發生。有時候，一個念頭就足以改變一生。

希望你進步的人批評你

真不敢相信
太完美了
太漂亮了

你們少拍
我馬屁了

怎樣可以看起來
像20歲？
怎樣保養的？

希望你退步的人奉承你

國家圖書館出版品預行編目資料

積極與消極／藍色水銀、君靈鈴、剛田武、思樂冰　合著.　—初版.—
臺中市：天空數位圖書　2021.06
面：14.8*21 公分
ISBN：978-986-5575-36-6（平裝）

863.57　　110010358

書　　名：積極與消極
發 行 人：蔡秀美
出 版 者：天空數位圖書有限公司
作　　者：藍色水銀、君靈鈴、剛田武、思樂冰
編　　審：非常漫活有限公司
製作公司：奧思製作所有限公司
美工設計：設計組
版面編輯：採編組
出版日期：2021 年 06 月（初版）
銀行名稱：合作金庫銀行南台中分行
銀行帳戶：天空數位圖書有限公司
銀行帳號：006-1070717811498
郵政帳戶：天空數位圖書有限公司
劃撥帳號：22670142
定　　價：新台幣 260 元整

電子書發明專利第　I　306564 號
※　如有缺頁、破損等請寄回更換

紙本書編輯印刷：
電子書編輯製作：
天空數位圖書公司 E-mail：familysky@familysky.com.tw　http://www.familysky.com.tw/
地址：40255台中市南區忠明南路787號30F國王大樓　Tel：04-22623893　Fax：04-22623863